## Vente du Lundi 1ᵉʳ Juin 1874

HOTEL DROUOT, SALLE N° 6

A DEUX HEURES

# OBJETS D'ART

ET

## D'AMEUBLEMENT

EXPOSITION PUBLIQUE : le Dimanche 31 Mai 1874

**Mᵉ ESCRIBE**
COMMISSAIRE-PRISEUR
Rue de Hanovre, 6

**MM. DHIOS ET GEORGE**
EXPERTS
Rue Le Peletier, 33

PARIS — 1874

V<sup>ve</sup> RENOU, MAULDE et COCK

IMPRIMEURS DE LA COMPAGNIE DES COMMISSAIRES-PRISEURS

Rue de Rivoli, 144

2 socles rouge   25  10
galerie    —    17

18,500

# CATALOGUE

# D'OBJETS D'ART

ET

## D'AMEUBLEMENT

Beaux Bronzes : Lustres, Appliques, Lampadaires; très-belle Bibliothèque en ébène; Lits et Consoles en bois sculpté et doré; bons
Meubles, Rideaux, Étoffes.

## TABLEAUX, MINIATURES

## AQUARELLE IMPORTANTE PAR H. BELLANGÉ

Ivoires, Bois sculptés
Bronzes d'art, Objets de montre, Bijoux, Matières dures
Vases en porphyre et en granit

### CURIOSITÉS DIVERSES

## HOTEL DROUOT, SALLE N° 6

### Le Lundi 1er Juin 1874

**A DEUX HEURES**

Par le ministère de **Me ESCRIBE**, Commissaire-Priseur,
rue de Hanovre, 6,
Assisté de **MM. DHIOS** et **GEORGE**, Experts, rue Le Peletier, 33.

## EXPOSITION PUBLIQUE

LE DIMANCHE 31 MAI 1874

PARIS — 1874

# CONDITIONS DE LA VENTE

Elle sera faite au comptant.

Les Acquéreurs paieront CINQ POUR CENT, en sus des enchères, applicables aux frais.

L'Exposition mettant le Public à même de se rendre compte de l'état des Objets, aucune réclamation ne sera admise une fois l'adjudication prononcée.

## MEUBLES, ÉTOFFES, RIDEAUX

1 — Grande et très-belle Bibliothèque à deux corps, en bois d'ébène, enrichie de filets de cuivre et d'ornements d'applique en bronze ciselé et doré; la partie supérieure, surmontée d'un fronton sculpté, s'ouvre à quatre portes à glaces et est ornée de quatre colonnettes à embases et chapiteaux en bronze doré; la partie basse, à quatre portes pleines, renferme deux coffres-forts de sûreté d'Haffner.

2 — Bureau à quatre faces, en ébène à filets de cuivre et ornements en bronze ciselé et doré au mat, de même genre que la bibliothèque.

3 — Écran en ébène sculpté, à colonnes cannelées, chapiteaux et ornements en bronze doré au mat. Feuille en satin brodé de fleurs en couleurs, même genre que les deux meubles précédents.

4 — Grand et beau Lit italien en bois sculpté et doré, à figures d'enfants en ronde-bosse, avec fronton orné d'un médaillon: peinture dans le style de Rubens.

5 — Lit portugais du temps de Louis XV, en palissandre, à fronton sculpté.

6 — Rideaux de lit, Baldaquin et Couvre-lit en brocatelle de soie verte.

7 — Quatre Chaises basses, capitonnées, couvertes en même étoffe.

8 — Commode Louis XIV en bois rose, ornements en bronze doré ; dessus en marbre.

9 — Deux petites Tables chinoises en bois de fer ; dessus en marbre.

10 — Console Louis XVI, forme demi-lune, en bois sculpté et doré ; dessus en marbre blanc.

11 — Écran en bois de chêne sculpté, style gothique, avec feuille de tapisserie à la main.

12 — Galerie de fenêtre en bois finement sculpté et doré, style Louis XVI.

13 — Lit garni en velours rouge capitonné ; rideaux de lit avec baldaquin, couvre-pieds et rideaux de croisée en même velours ; rideaux en mousseline.

14 — Trois Siéges couverts en velours rouge capitonné.

15 — Quatre Coussins en velours grenat.

16 — Une paire de Rideaux en velours vert, avec bandes en velours noir.

17 — Tapis en velours rouge capitonné.

18 — Petit Paravent à quatre feuilles, couvert en drap vert.

19 — Deux petits Canapés et deux Fauteuils boîtes, couverts en velours vert.

20 — Chaise longue couverte en cuir.

21 — Tapis en drap marron, joli encadrement de fleurs en broderie de couleur et or fin.

22 — Couvre-lit en velours de soie rouge.

23 — Deux Rideaux de portières en soie de Chine verte, avec embrasses.

24 — Quatre grands Rideaux en reps vert, à bandes de velours noir.

———

# BRONZES

25 — Grand Lustre-Lampadaire à trente lumières, en bronze artistique argenté et doré.

26 — Une paire de Candélabres à huit lumières, de même style que le lustre.

27 — Deux grands Lampadaires à trépieds à griffes et les lampes en forme de vases antiques à anses et bas-reliefs en bronze doré et argenté.

28 — Lampe de suspension, formée par un vase orné d'un bas-relief; bronze doré et argenté.

29 — Joli Lustre en bronze ciselé et doré au mat, à trois rangées de lumières; élégant modèle de style Louis XVI.

30 — Deux belles Appliques à deux lumières, en bronze ciselé et doré; élégant modèle Louis XVI, à nœuds de rubans, fleurs et rinceaux.

31 — Une autre paire d'Appliques à deux branches, plus petite que la précédente.

32 — Deux Flambeaux bouts-de-table, à deux lumières, en bronze ciselé et doré, de style Louis XVI; socles en marbre bleu turquin.

33 — Une paire d'Appliques à trois lumières, en bronze
doré, style Louis XV.

33 *bis* — Petite Pendule Louis XVI en marbre blanc et
bronze ciselé et doré; modèle à vase et guirlande.

34 — Lanterne d'antichambre en bronze doré (époque
Louis XVI.

35 — Une paire de Chenets style Louis XVI, en bronze.

35 *bis* — Autre paire de Chenets, à vases et rinceaux, de
même style.

36 — Deux Socles carrés en bronze ciselé et doré, ornements rocaille.

37 — Deux autres, ronds.

38 — Horloge Louis XIV, cadran rond en cuivre repoussé
et argenté.

39 — Lanterne à main en cuivre.

# TABLEAUX, AQUARELLE, MINIATURES

## BELLANGÉ (H.)

40 — Aquarelle : Bataille de Wagram.
OEuvre importante de l'artiste.

## LANCRET (N.)

41 — Le Menuet.

## ANTONY (SERRES)

42 — La Lecture : Scène d'intérieur.

## ANCIENNE ÉCOLE ALLEMANDE

43 — Deux Volets : Figures de saintes.

## ÉCOLE FRANÇAISE

44 — Allégorie historique.

## ÉCOLE FRANÇAISE

45 — Réunion villageoise.
Plume et aquarelle.

———

46 — Miniature de forme ronde : Danse dans un parc;
cadre en bronze doré.

47 — Boîte carrée en écaille brune, ornée d'une miniature dans le goût de Klingstet.

48 — Miniature dans le goût de Klingstet : la main chaude.

49 — Miniature : Groupe d'Amours.

50 — Miniature : Portrait d'un abbé; cadre en argent et strass.

51 — Peinture sur fond doré représentant saint François.
Travail espagnol.

# OBJETS D'ART VARIÉS

**52.** — Émail cloisonné de Chine. Grand Bassin rond, décoré d'animaux chimériques, fleurs et feuillage sur fond bleu clair.

**52 bis** — Petit Plateau rond à pieds, en ancien émail cloisonné de la Chine.

**53.** — Émail. Petite Plaque de forme ronde : Cavalier avec devise.

**54** — Émail. Plaque ovale : Portrait en pied de Henri de Brabant.

**55** — Émail : Hercule et Cacus.

**56** — Boîte en émail de Saxe : Personnages chinois en relief; décor polychrome.

**57** — Cuivre étamé. Vase de forme sphérique avec couvercle repercé à jour. Travail persan.

**58** — Bronze. Divinité égyptienne; socle en marbre blanc.

**59** — Bronze. Sylène monté sur un âne.

**60** — Bronze. Divinité égyptienne; très-ancien bronze.

**61** — Bronze chinois. Petit Vase carré avec branchages en relief; socle en bois de fer.

**62** — Bronze chinois. Vase, forme balustre, à deux anses, à ornements gravés.

**63.** — Bronze. Vide-Poche en bronze de la Chine, sur socle en bois de fer.

**64** — Corbeille à anse double, cuivre uni.

66 — Fer. Lampe, forme antique, en fer damasquiné argent.

67 — Petite Dague en fer damasquiné argent.

67 — Clef avec armoirie.

68 — Clef dorée avec chiffre, surmontée d'une couronne.

69 — Clef à mascaron.

70 — Fer. Amorçoir persan.

71 — Chibouck oriental en bois incrusté d'argent, bout en ambre.

72 — Ivoire sculpté : Saint Jérôme. Travail italien du XVIe siècle.

73 — Ivoire sculpté. Médaillon : Portrait d'un personnage du temps de Louis XIV, signé Gouin.

74 — Ivoire sculpté. Autre Médaillon ovale de la même époque, dans un cadre en cuivre doré.

75 — Ivoire sculpté. Mortier et son pilon.

76 — Ivoire sculpté. Petit Miroir ovale; encadrement à fleurs et feuillage.

77 — Ivoire sculpté. Peigne. Travail indien.

78 — Ivoire sculpté : Éléphant supportant un palanquin. Travail indien.

79 — Ivoire sculpté : Combat de coqs.

80 — Ivoire sculpté. Râpe à tabac.

81 — Ivoire sculpté du Japon. Groupe de deux figures.

82 — Petit Bas-Relief sculpté sur une tête d'ibis. Travail chinois.

83 — Bois sculpté : le petit Chanteur. Statuette.

84 — Bois sculpté et doré : trois Divinités indiennes.

85 — Bois sculpté. Figurine de Moissonneuse italienne.

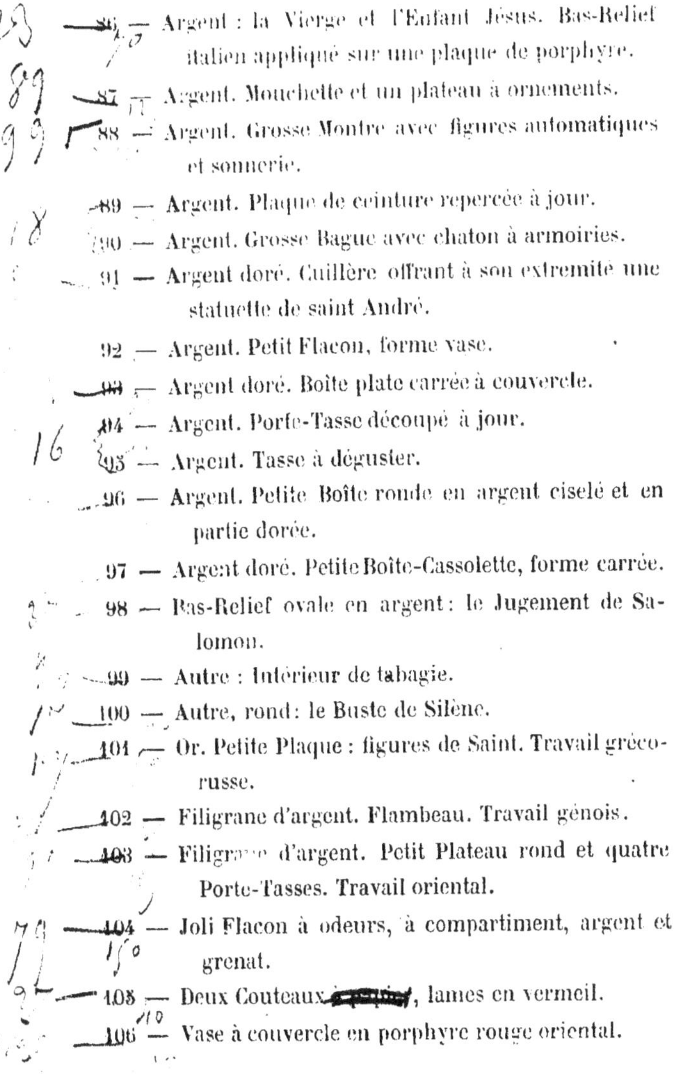

86 — Argent : la Vierge et l'Enfant Jésus. Bas-Relief italien appliqué sur une plaque de porphyre.

87 — Argent. Mouchette et un plateau à ornements.

88 — Argent. Grosse Montre avec figures automatiques et sonnerie.

89 — Argent. Plaque de ceinture repercée à jour.

90 — Argent. Grosse Bague avec chaton à armoiries.

91 — Argent doré. Cuillère offrant à son extremité une statuette de saint André.

92 — Argent. Petit Flacon, forme vase.

93 — Argent doré. Boîte plate carrée à couvercle.

94 — Argent. Porte-Tasse découpé à jour.

95 — Argent. Tasse à déguster.

96 — Argent. Petite Boîte ronde en argent ciselé et en partie dorée.

97 — Argent doré. Petite Boîte-Cassolette, forme carrée.

98 — Bas-Relief ovale en argent : le Jugement de Salomon.

99 — Autre : Intérieur de tabagie.

100 — Autre, rond : le Buste de Silène.

101 — Or. Petite Plaque : figures de Saint. Travail grécorusse.

102 — Filigrane d'argent. Flambeau. Travail génois.

103 — Filigrane d'argent. Petit Plateau rond et quatre Porte-Tasses. Travail oriental.

104 — Joli Flacon à odeurs, à compartiment, argent et grenat.

105 — Deux Couteaux ~~espagnols~~, lames en vermeil.

106 — Vase à couvercle en porphyre rouge oriental.

107. — Une paire de Vases, de forme ovoïde allongée, en granit de l'Hellespont, sur socle en marbre vert de mer.

107 bis — Un Vase du temps de Louis XVI en albâtre, enrichi d'ornements en bronze ciselé et doré.

108 — Jade. Petit Écran chinois en bois de fer sculpté, avec plaque en jade sculpté à jour.

109 — Jade. Petite Théière carrée, sur socle en bois de fer.

110 — Cristal de roche. Cachet.

111 — Corail. Tête de taureau montée en épingle en or.

112 — Corail. Garniture de six boutons.

113 — Camée dur à deux couches : Tête de Jupiter.

114 — Bague en or avec cornaline intaille.

115 — Bague en or avec sardoine intaille.

116 — Bague en or avec intaille.

117 — Chaton de bague en cornaline intaille.

118 — Sous ce numéro, plusieurs Camées durs et intailles.

119 — Petit Modèle de palanquin en laque du Japon, avec ses accessoires.

120 — Laque du Japon. Petit Coffret en laque aventuriné.

121 — Laque. Petite Coupe laquée, fond rouge.

122 — Laque du Japon. Trois petits Plateaux ronds en bois laqué or.

123 — Terre-cuite. Deux petits Bustes : Têtes d'enfants.

124 — Porcelaine de Louisbourg. Deux jolies figurines de vendangeurs.

125 — Porcelaine. Sucrier à couvercle en ancienne porcelaine de Sèvres, pâte tendre, décoré de fleurs.

126 — Porcelaine. Petite Tasse à deux anses et sa soucoupe en ancienne porcelaine de Sèvres, pâte tendre, médaillon d'oiseaux, fond bleu turquoise.

127 — Porcelaine. Deux jolies Tasses en porcelaine de Sèvres, pâte tendre, décorées de médaillons à figures d'enfants; bordures bleu turquoise et or.

128 — Porcelaine. Chocolatière; décor en camaïeu bleu.

129 — Porcelaine. Petite Boîte vide-poche décorée dans le goût chinois et montée en bronze.

130 — Porcelaine d'Allemagne. Écuelle à anse et couvercle, décorée de fleurs.

131 — Porcelaine. Petite Jardinière, forme demi-lune, décorée d'un sujet : Danse de Nymphes et de Satyres. Monture en bronze.

132 — Céladon gris craquelé. Jardinière et son plateau.

133 — Une paire de Flambeaux en faïence.

Vᵉˢ Renou, Maulde et Cock, imprᵉ de la Compagnie des Commissaires-Priseurs, rue de Rivoli, 144.    43972

RED. :

20

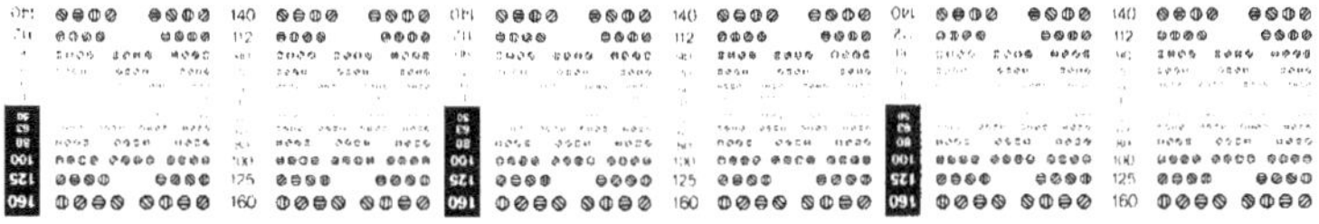

graphicom